595

1U

# L'Autre

©1995 Alejandro Aura (pour le texte)
©1995 Julia Gukova (pour les illustrations)
Conception graphique : Julia Gukova
Page couverture et conception typographique : Sheryl Shapiro
Traduction : Christiane Duchesne

L'édition originale espagnole de ce livre, *El otro lado*, a été publiée par
Fondo de Cutura Economica, Mexique. ©1993

**Données de catalogage avant publication (Canada)**
Aura, Alejandro
L'autre Côté

Traduction de : El otro lado.
ISBN 1-55037-404-4

I. Gukova, Julia.  II. Titre.

PZ23.A87Au  1995    j863    C95-930900-4

Les illustrations de ce livre ont été réalisées à
Composition en Schadow et Lucian.

Distribution au Québec :
Diffusion Dimedia Inc.
539, boul. Lebeau
Ville St-Laurent, PQ  H4N 1S2

Distribution au Canada hors Québec :
Firefly Books Ltd.
250 Sparks Avenue
Willowdale, ON  M2H 2S4

Distribution aux États-Unis :
Firefly Books (U.S.) Inc.
P.O. Box 1338
Ellicott Station
Buffalo, New York   14205

∞ Ce livre est imprimé sans produit acide.

Imprimé au Canada par
D.W. Friesen & Sons, Altona, Manitoba.

# côté

Texte de
**Alejandro Aura**

Illustré par
**Julia Gukova**

Annick • Toronto • New York

Un jour, le roi

convoqua tous les **enfants** de la Terre et leur dit

– Je veux savoir ce qu'il y a de l'**Autre** côté. Partez
vite, allez voir, et revenez me dire ce qu'il en est.

Certains **enfants** enfourchèrent leur bicyclette.

D'autres enfilèrent leurs patins à roulettes.
D'autres encore prirent leur voiture de course.

Il y en a même qui partirent en volant

Plusieurs arrivèrent

très vite de l'**Autre** côté, alors que
pour d'autres, il fallut des années,

et ils étaient **vieux** quand il y parvinrent.

Lorsqu'ils
eurent à peu près
tout exploré, ils revinrent

chez le roi.
— De l'Autre côté,
tout est exactement
comme ici, sauf que c'est

à l'envers

Ils racontrèrent tous
la même chose.

C'est comme ici.
Pareil, mais à l'envers.
Exactement pareil,
mais dans l'autre sens.

C'est comme ici.
Pareil, mais à l'envers.
Exactement pareil,
mais dans l'autre sens.

C'est comme ici.
Pareil, mais à l'envers.
Exactement pareil,
mais dans l'autre sens.

C'est comme ici.
Pareil, mais à l'envers.
Exactement pareil,
mais dans l'autre sens.

– Je veux y aller!

# Emmenez-moi!

s'écria le roi.

Les enfants prirent le roi
avec eux pour le porter

de l'Autre côté.

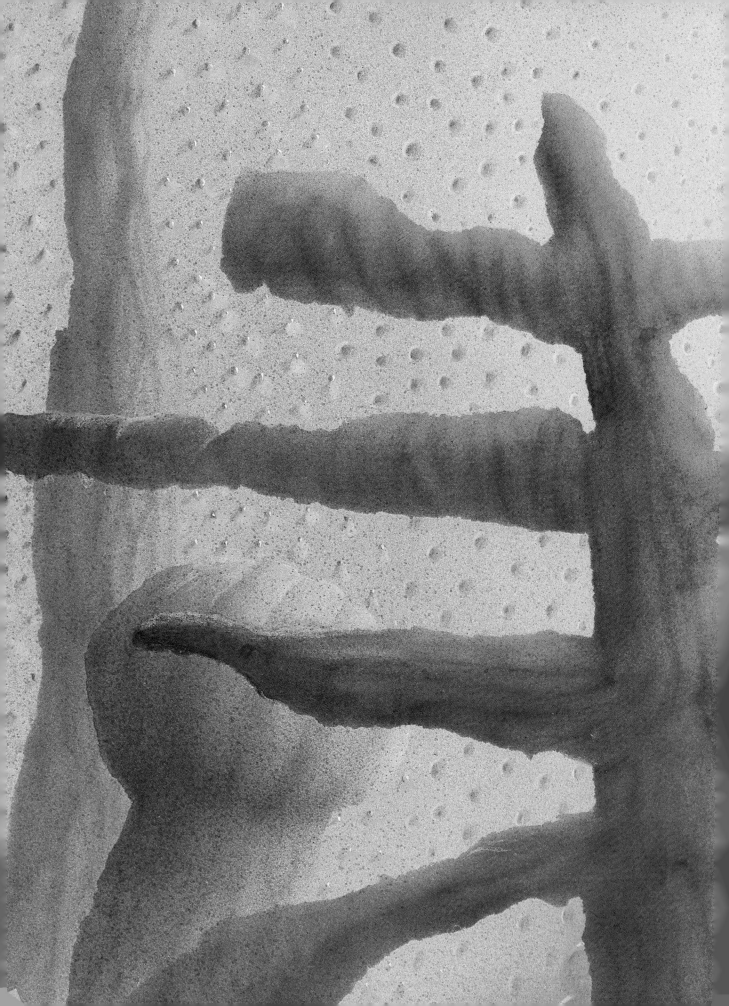

Mais quand ils passèrent de l'Autre côté,

c'est le roi qui dut **les** porter.
Et il n'aimait pas ça du **tout.**

Alors il demanda qu'on le ramène.
Mais parce que **tout** était à l'envers,

ils l'emmenèrent de l'**autre** côté

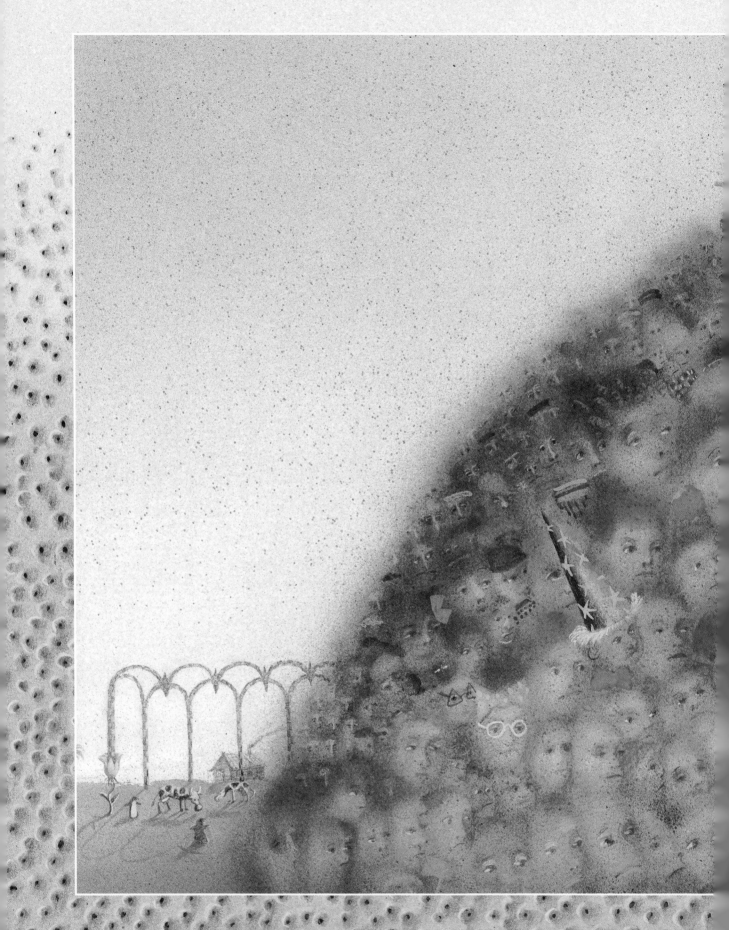

Et ils continuèrent ainsi

jusqu'à la fin des t
e
m
p
s